BILBO

Collection dirigée par
Stéphanie Durand

De la même auteure chez Québec Amérique

Jeunesse

SÉRIE JULIE
Julie 8 – *Julie et la bête dans la nuit*, coll. Bilbo, 2011.
Julie 7 – *Julie et la messe du revenant*, coll. Bilbo, 2009.
Julie 6 – *Julie et le feu follet*, coll. Bilbo, 2008.
Julie 5 – *Julie et la Dame blanche*, coll. Bilbo, 2006.
Julie 4 – *Julie et le Bonhomme Sept Heures*, coll. Bilbo, 2005.
Julie 3 – *Julie et la danse diabolique*, coll. Bilbo, 2004.
Julie 2 – *Julie et le serment de la Corriveau,* coll. Bilbo, 2003.
Julie 1 – *Julie et le visiteur de minuit*, coll. Bilbo, 2002.

SÉRIE MARIE-PIERRE
À fleur de peau, coll. Titan, 2001, nouvelle édition, 2010.
Un lourd silence, coll. Titan, 2010.
   • **Finaliste au Prix littéraire Ville de Québec et du Salon International
   du livre de Québec 2011, littérature jeunesse.**

Le Cri, coll. Titan, 2012.
Le Grand Vertige, coll. Titan, 2004, nouvelle édition, 2011.
Les Secrets du manoir, coll. Titan, 2007.

Julie et Alexis
le Trotteur

Catalogage avant publication de Bibliothèque et Archives nationales
du Québec et Bibliothèque et Archives Canada

Latulippe, Martine
Julie et Alexis le Trotteur
(Julie; 9)
(Bilbo; 203)
Pour enfants.
ISBN 978-2-7644-2096-6 (Version imprimée)
ISBN 978-2-7644-2492-6 (PDF)
ISBN 978-2-7644-2493-3 (ePub)
1. Alexis, le Trotteur, 1860-1924 - Romans, nouvelles, etc. pour la jeunesse.
I. Rousseau, May. II. Titre. III. Collection: Latulippe, Martine. Julie; 9.
IV. Collection: Bilbo jeunesse; 203.
PS8573.A781J843 2013   jC843'.54   C2013-940942-4
PS9573.A781J843 2013

Conseil des Arts   Canada Council
du Canada   for the Arts

SODEC
Québec ❖❖

Nous reconnaissons l'aide financière du gouvernement du Canada par
l'entremise du Fonds du livre du Canada pour nos activités d'édition.

Gouvernement du Québec – Programme de crédit d'impôt pour l'édition de livres – Gestion SODEC.

Les Éditions Québec Amérique bénéficient du programme de subven-
tion globale du Conseil des Arts du Canada. Elles tiennent également à
remercier la SODEC pour son appui financier.

Québec Amérique
329, rue de la Commune Ouest, 3ᵉ étage
Montréal (Québec) H2Y 2E1
Téléphone: 514 499-3000, télécopieur: 514 499-3010

Dépôt légal: 3ᵉ trimestre 2013
Bibliothèque nationale du Québec
Bibliothèque nationale du Canada

Projet dirigé par Stéphanie Durand
Révision linguistique: Émilie Allaire et Chantale Landry
Mise en pages et conception graphique: Nathalie Caron
Illustrations: May Rousseau

Imprimé au Canada

Julie et Alexis
le Trotteur

MARTINE LATULIPPE

ILLUSTRATIONS : MAY ROUSSEAU

Québec Amérique

À Jérémie,
Élodie et Camille

-1-

Pique-nique
au parc

Lundi, j'étais vraiment excitée : c'était le jour de la rentrée ! Comme tout le monde, j'aime l'été et les vacances. Mais deux mois, c'est quand même long… Je commençais à avoir bien hâte de reprendre la routine scolaire. J'allais découvrir qui était mon enseignante pour l'année. Utiliser mes nouveaux cahiers. Revoir plusieurs de mes amies perdues de vue pendant l'été. J'adore les premiers jours d'école !

Mais nous sommes aujourd'hui vendredi… et je suis moins enthousiaste. Mon enseignante est très gentille. J'aime beaucoup écrire dans mes nouveaux cahiers. Je suis contente d'avoir retrouvé mes amies… Mais déjà, je m'ennuie un peu des longues journées à jouer dehors. Je regrette aussi les matins où je pouvais traîner au lit. Les journées d'école me semblent longues, longues, longues, alors que celles au terrain de jeu filaient comme l'éclair! Une Julie jamais contente!

La journée est terminée. Demain, c'est samedi. Je me lève de mon pupitre, je mets mon sac sur mes épaules en poussant un soupir. J'esquisse un petit sourire en songeant aux deux journées de congé qui m'attendent et je sors de l'école. Et là, je remplace mon petit sourire par un sourire immense. Géant.

Car, debout à la sortie de la cour de récréation, je viens de voir Stéphane, mon oncle adoré!

Je cours vers lui à toute vitesse.

—Steeeeeph!

Je lui saute au cou. Je n'ai presque pas vu Stéphane de tout l'été. Il a été très occupé. Mon oncle est ethnologue. Il fait le tour du Québec pour recueillir des légendes et il travaille sur un projet important pour un nouveau livre. Je n'en sais pas plus sur ce qu'il veut écrire cette fois, mais ce que je sais, c'est qu'il a passé pratiquement tout son été au Saguenay et dans la région de Charlevoix.

—Je me suis ennuyée de toi!

Mon oncle rit aux éclats et me serre bien fort dans ses bras.

—Tu m'as manqué aussi, ma belle Julie! Mais ça y est, je suis de retour! Et pour un bon bout de temps. J'ai trouvé toutes les informations que je voulais. J'ai visité plein de lieux inspirants pour mon projet. Je vais pouvoir commencer à écrire mon livre bientôt… Plus de déplacements pour quelques mois!

—Je ne sais même pas de quoi parle ton livre… Raconte-moi, Steph!

Le travail de mon oncle me fascine. Je n'en ai jamais assez des légendes du Québec qu'il me présente. Je veux toujours en apprendre plus!

—Je vais tout te dire plus tard, petite curieuse! Ne t'en fais pas, on va avoir largement le temps de parler… Je t'enlève pour la soirée! J'ai déjà prévenu tes parents.

Je remarque, posé à ses pieds, un panier de pique-nique qui déborde de victuailles. Je l'ouvre pour y jeter un coup d'œil : un gros pain rond qui sent trop bon, mon fromage préféré, des rillettes, des tomates cerises (miam!), deux mangues (miaaaam!), des biscuits encore chauds (miaaaaaaam!) et encore plein d'autres choses! Je l'adore, mon oncle!

Nous marchons d'un bon pas en direction du parc. J'ai l'impression d'être de nouveau en vacances! Stéphane a tout prévu, même un ballon et un frisbee. Il est aussi passé chez moi pour prendre mon maillot de bain et une serviette de plage. Pendant une heure, nous jouons comme des fous dans les modules et les jeux d'eau. Quand je commence à avoir faim, je dois presque supplier mon oncle d'arrêter de jouer.

— On mange, Stéphane?

Il court d'un jet d'eau à l'autre en riant aux éclats.

— Tantôt, Julie! On s'amuse trop!

— Mais j'ai faim, moi!

Stéphane semble déçu. J'ai presque l'impression qu'il va se mettre à bouder, comme un bébé. Il se comporte toujours bien plus en enfant que moi!

Mais non, il accepte finalement de prendre une pause pour souper. Il se sèche et retrouve vite sa bonne humeur habituelle. Nous déplions une longue nappe à carreaux et vidons le panier en criant de

plaisir à chaque nouvel ali-
ment. Quand tout est prêt pour
le festin, Stéphane se penche
vers moi, plante ses yeux dans
les miens et dit :

— Bon, maintenant, Julie, je
veux tout savoir ! Je me suis
trop ennuyé de toi les dernières
semaines… Quel genre d'été
as-tu passé ? Tu t'es amusée ?
Tu t'es fait des amis ? C'était bien,
les vacances ?

Je réussis à mettre fin à l'inter-
rogatoire de mon oncle en riant.

— Arrête tes questions, Steph !
Laisse-moi répondre !

Je lui parle un peu de mes
parents, qui travaillent tout le
temps. Je lui parle surtout du
terrain de jeu, où je ne voulais
pas aller au début, mais que
j'ai beaucoup aimé, en fin de
compte. Je n'ose pas lui parler

du beau Dominic, qui fait battre mon cœur un peu plus vite… Je lui décris plutôt mon moniteur, un gars sympathique comme tout, qui marchait vraiment très rapidement.

— Je te jure, Steph, on avait du mal à le suivre ! Mais il était génial : il proposait toujours de nouveaux jeux, il se déguisait et inventait des personnages, il connaissait plein de chansons, c'est le meilleur moniteur que j'ai eu ! Et il est tellement drôle : quand il rit, on dirait un cheval qui hennit !

Les yeux de Stéphane brillent. Comme s'il avait envie de me confier quelque chose. Mais il se contente de demander :

— Qu'est-ce que tu as préféré dans tout ton été, Julie ?

Je n'hésite même pas.

—C'est quand mon moniteur, Alex, a eu l'idée d'inviter Joe Vézina au terrain de jeu. Tu imagines comme j'étais contente! Joe lui-même est venu nous raconter une légende!

Selon mon oncle, Joe Vézina est le meilleur conteur de tout le village. C'est grâce à lui si Stéphane a eu envie de devenir ethnologue.

—Quelle histoire Joe vous a-t-il racontée?

—La légende de la Hère.

Stéphane laisse échapper un sifflement.

—Ooooh! La Bête à grand' queue!

Je fais un petit oui de la tête. J'hésite, mais je sais que je peux tout confier à Steph. Il ne se moque jamais de moi. Alors je murmure:

—Après la légende, mon groupe et moi, on est allés faire du camping. J'ai entendu du bruit pendant la nuit. Je suis sortie de la tente et j'ai vu des yeux brillants. J'ai eu peur…

—Je te comprends! Je me serais mis à hurler, tu me connais!

Je ris de bon cœur. C'est vrai que mon oncle est parfois plus peureux que moi! Stéphane déclare :

—Je trouve ça merveilleux que tu t'intéresses autant aux légendes d'ici, Julie. Si tu veux, je peux t'en raconter une nouvelle. Une histoire que j'aime beaucoup. C'est même de ce personnage que mon prochain livre parlera…

Je me demande bien de qui il s'agit. Je frémis d'impatience. Tu parles si je veux! Je ne refuserais

pour rien au monde! Une légende de Stéphane, pour moi,
c'est aussi excitant qu'une sortie à
La Ronde! Aussi magique que le
réveillon de Noël!

— Est-ce que c'est un personnage que je connais déjà, Steph?
Je suis rendue pas mal bonne
dans les légendes québécoises,
même Joe Vézina me l'a dit! C'est
un feu follet? La Corriveau? La
Dame blanche? Le Bonhomme
Sept Heures? Ou c'est une histoire qui parle du diable, comme
celle de Rose Latulipe?

Stéphane semble tout fier de
moi. Il ébouriffe joyeusement
mes cheveux avant de répondre
d'un air mystérieux :

— Non, c'est une légende
que je ne t'ai jamais racontée
encore, Julie… Elle ne fait pas
peur comme la Hère ou la Messe

de minuit, mais elle présente quelqu'un de fascinant. De plus grand que nature…

Je me couche confortablement à plat ventre sur la nappe, les pieds en l'air et le menton dans mes mains. Le vent est doux, le soleil brille encore, j'ai bien mangé, et mon oncle adoré s'apprête à me raconter une nouvelle légende… Une Julie comblée ! Que les vacances soient terminées ou non, la vie n'a jamais été aussi belle !

-2-

Un conteur
et un coureur

Mon oncle est un conteur fabuleux. Quand il me raconte une légende, le temps s'arrête. Plus rien n'existe autour de nous. Stéphane s'installe en indien devant moi, le dos bien droit. Il ferme les yeux à demi en me fixant intensément, prend sa voix la plus grave et commence :

—La légende que je vais te raconter est celle d'Alexis Lapointe. On l'appelle aussi Alexis le Trotteur, ou encore le Cheval du Nord, ou parfois le Surcheval.

—Le Surcheval? On dirait un nom de superhéros…

Stéphane sourit.

—Eh bien, tu n'es pas très loin de la vérité, Julie! Alexis était si spectaculaire qu'on aurait dit qu'il avait des pouvoirs magiques…

—Quel genre de pouvoirs?

Une Julie qui veut tout savoir, tout de suite!

—Attends, petite impatiente! Laisse-moi d'abord te raconter son histoire. On sait qu'Alexis Lapointe est né dans la région de La Malbaie, dans Charlevoix, en 1860. Il vient d'une famille nombreuse : les Lapointe avaient 14 enfants! C'était une famille de paysans pas très riches.

—Tu veux dire qu'Alexis a vraiment existé, Steph? Comme

la Corriveau? Ce n'est pas un personnage inventé?

—C'est exact, Julie. Alexis Lapointe a vécu au Québec. Par contre, c'est difficile de dire exactement ce qui est vrai ou pas dans toutes les histoires qui courent sur lui. Il y en a telle-ment... Peut-être que certains épisodes sont vrais, peut-être que d'autres ont été inventés ou exagérés.

—Pourquoi on l'appelait le Trotteur?

Stéphane rit doucement.

—Toujours aussi pressée, Julie! J'y arrive! Alexis a une enfance assez normale, semble-t-il. Mais il ne va pas à l'école longtemps. Il commence tôt à exercer toutes sortes de mé-tiers. Assez rapidement, les gens remarquent qu'Alexis a un don spécial : il court très, très vite ! Il est plus rapide que n'importe quel autre humain. Et on dit qu'il courait aussi plus vite que les chevaux, et même que les trains !

— Il courait plus vite qu'un cheval ? Difficile à imaginer ! C'est pour ça qu'on l'appelait le Cheval du Nord ?

— Oui, mais aussi parce qu'il avait l'habitude, avant de courir, de hennir comme un cheval et de se fouetter les cuisses ! Alexis courait si vite qu'on raconte qu'il a déjà battu un bateau... Le Trotteur est parti de Pointe-au-Pic en même temps que le bateau... pour arriver à Chicoutimi avant lui ! En moins de 12 heures, il aurait parcouru 146 kilomètres ! Plusieurs ont dit de lui que c'était l'homme le plus rapide au monde.

—Tout ça est réellement arrivé?

—On ne sait pas, Julie. C'est des histoires qu'on raconte depuis maintenant plus de cent ans, mais il n'y a pas de témoins pour préciser ce qui est vrai là-dedans, pas de documents écrits non plus. En tout cas, selon la légende, ce qui est certain, c'est qu'Alexis était vraiment tout un athlète. Il pouvait courir long-temps et danser des nuits en-tières sans se fatiguer. Mais il paraît que la plupart des récits de ses plus grands exploits sont nés seulement après la mort du Trotteur... Comme ses courses contre les trains, par exemple. Rien ne prouve aujourd'hui qu'elles ont réellement eu lieu.

Je ferme les paupières quel-ques secondes. J'essaie d'imaginer

Alexis, un grand bonhomme rapide qui court comme un cheval et qui aime hennir. J'ouvre les yeux et demande à Stéphane :

—Il gagnait sa vie en courant, Alexis ? C'était ça, son métier ?

—Non. Il a fait plusieurs petits boulots, mais il a surtout été reconnu comme constructeur de fours à pain. Il se fouettait les jambes et, alors, il se mettait à piétiner la glaise en dansant pendant des heures et des heures. Les gens racontaient que ses fours à pain étaient les meilleurs parce que le Trotteur ajoutait au mélange de glaise et d'eau quelques gouttes d'une potion magique qui donnait une âme au four.

—Hum... étrange. Si on racontait ce genre de chose sur lui, j'imagine que c'est parce

qu'on le trouvait un peu bizarre, à l'époque?

—Je crois bien que oui, Julie. Mais c'est assez partagé : pour certains, Alexis était un personnage un peu magique, un peu sorcier. Toutefois, plusieurs pensaient plutôt que ce n'était qu'un idiot, un simple d'esprit qui se prenait pour un cheval… En fait, un voile de mystère entoure Alexis… En plus des histoires de potion magique, on raconte qu'il avait une endurance trop grande pour être simplement humain… Il dansait de 7 heures le soir à 7 heures le matin sans s'arrêter et il était capable de rentrer chez lui, à des kilomètres de la danse, en galopant encore ! Certains disaient qu'il fallait être parent avec le diable pour être aussi résistant! Même ses yeux faisaient jaser…

— Pourquoi?

— Il avait des yeux pâles, et une drôle de ligne faisait le tour de son iris. Ça lui faisait un regard étrange. On aurait dit que la couleur n'était jamais la même d'une journée à l'autre… Bref, tu vois, autant à cause de son physique que de ses exploits, beaucoup de rumeurs couraient autour d'Alexis le Trotteur!

Je réfléchis un moment à ce drôle de personnage. Il est né en 1860, donc je me doute bien qu'il ne vit plus aujourd'hui, il serait beaucoup trop vieux… Mais comme dans le monde des légendes, tout peut arriver, je demande à mon oncle :

— Il est mort, maintenant, Alexis?

—Bien sûr. Il y a plusieurs dizaines d'années déjà.

—Est-ce que sa mort a été mystérieuse aussi?

—Bonne question, Julie… Alexis s'est pris pour un cheval et a couru toute sa vie, un peu partout. Après avoir voyagé pas mal, des États-Unis en passant par la Matapédia et le Saguenay–Lac-Saint-Jean, c'est à Alma qu'Alexis est mort, en 1924. Il a été écrasé par un train… Encore là, toutes sortes de rumeurs circulent : on prétend parfois qu'il n'a pas entendu venir le train. D'autres disent plutôt qu'Alexis, âgé de plus de 60 ans, a tenté de courir plus vite que le train, mais qu'il n'avait plus la forme nécessaire, que son cœur a lâché… Peut-être enfin qu'il marchait simplement sur les rails et qu'il a fait un faux pas, il a trébuché…

— Et qu'est-ce qui s'est réellement passé?

— On ne le saura jamais. Un homme était décédé, mais une légende venait de naître… Grâce à toutes les histoires qu'on raconte sur lui, même si Alexis Lapointe est mort, Alexis le Trotteur vivra toujours dans la mémoire des gens d'ici. Depuis son décès, tout le monde vante les exploits de cet athlète extraordinaire… Pourtant, de son vivant, on s'est beaucoup moqué de lui, paraît-il… Il a souvent été vu comme une sorte de bête de cirque, parfois même un peu comme un fou du village. Mais à sa mort, c'est devenu un héros, un personnage légendaire. La vie est drôlement faite, parfois.

Stéphane se tait. J'attends la suite… rien. Mon oncle a terminé. J'aurais voulu que ça continue… Une Julie déçue! Je demande :

—C'est tout?

—Oui, ma belle! C'est tout pour ce soir. Il commence à faire froid, non? On va bouger un peu. Tu liras toutes les autres versions possibles de cette légende et bien des détails encore dans le livre que je vais écrire. Pour l'instant, c'est l'heure… du frisbee!

Mon oncle se lève et me lance le disque en disant :

—Je ne cours peut-être pas comme Alexis le Trotteur, mais je me débrouille pas mal pour mon âge!

Je bondis pour attraper le frisbee et je rétorque :

—Tu n'as pas besoin d'être le meilleur coureur, Steph. Pour moi, tu es déjà le meilleur conteur!

Stéphane m'adresse un large sourire ému. Il est si touché… qu'il en oublie d'attraper le frisbee que je viens de lancer et qui fonce droit sur son épaule! Il me fait une grimace:

—Espèce de petite rusée! Me déconcentrer juste pour que je ne sois pas de taille à jouer contre toi!

Nous nous amusons encore un bon moment avant que la noirceur nous empêche de rester davantage au parc. Je rentre chez moi la tête pleine d'images de cet homme très rapide, aux yeux étranges, qui pouvait même donner une âme aux objets… Passer une soirée avec Alexis le Trotteur et Stéphane le Conteur, que demander de mieux? Une Julie gâtée!

-3-

Les soupçons
du samedi

Toute la nuit, j'ai rêvé de courses contre les trains, d'homme qui se prend pour un cheval, qui se fouette les cuisses avant de courir et pousse des hennissements. Quand je me lève, ma mère est déjà partie travailler et mon père a la tête plongée dans de très sérieux et ennuyeux documents. On a beau être samedi, pas de vacances pour les urgences du bureau, semble-t-il! Je bâille d'ennui. Heureusement, je finis à peine mon petit-déjeuner qu'on frappe à la porte. C'est mon amie Audrey, une fille bien gentille avec qui je me suis beaucoup tenue au terrain de jeu cet été.

—Tu viens jouer au basket avec moi? demande Audrey, son ballon sous le bras.

J'accepte. Je cours enlever mon pyjama et me brosser les dents, et zou! nous voilà sur le chemin de la cour d'école, où deux paniers de basket-ball nous attendent. Aller à l'école même le samedi, il faut le faire!

Nous sommes presque arrivées. Nous bavardons de choses et d'autres quand soudain Audrey s'exclame:

—Hé! Regarde, les deux gars au fond de la cour! Le plus grand… on dirait que c'est Alex, le moniteur de notre groupe de terrain de jeu!

Je jette un œil attentif au garçon en train de faire des sprints un peu plus loin. Sa longue silhouette mince est en effet facile à reconnaître.

— Oui, c'est bien lui…

Audrey esquisse un petit sourire timide.

— Je le trouve beau, moi, le grand Alex. J'aime surtout ses yeux bleus…

— Bleus? Voyons, Audrey! Alex a les yeux verts!

— Tu es sûre, Julie?

— Certaine! Je me disais justement cet été qu'on ne voyait pas souvent une telle couleur.

Audrey jure qu'elle s'est dit la même chose à propos du bleu des yeux de notre moniteur… Bizarre. Afin d'en avoir le cœur net, nous décidons d'aller dire bonjour à Alex… et d'en profiter pour vérifier discrètement la couleur de ses yeux!

À notre arrivée, Alex interrompt sa course et vient nous saluer joyeusement. Il courait à toute allure depuis un bon moment déjà, d'après ce que j'ai pu voir, et pourtant, il ne semble même pas essoufflé…

—Julie! Audrey! Vous voulez vous entraîner avec moi?

Audrey explique :

—Non, on venait jouer au basket. Je ne savais pas que tu t'entraînais…

Alex répond avec un sourire fier :

—Oui, mam'zelle! Je fais des compétitions de course depuis que je suis tout petit. Je rêve de participer aux Jeux olympiques. Honnêtement, avec les résultats que j'ai depuis deux ans, il y a de bonnes chances que je fasse les prochains Jeux, si tout va bien. Je me débrouille pas mal du tout! Mais ce matin, ce n'est pas un entraînement sérieux... Nous sommes ici pour nous amuser!

Pas un entraînement sérieux! Aïe! Je me demande bien de quoi il est capable lors d'un véritable entraînement! Voilà qui explique pourquoi tout l'été nous avions du mal à le suivre quand il marchait devant nous... Alex continue en pointant du doigt celui qui l'accompagne :

— Et j'ai le meilleur entraîneur au monde : Martin, un ami de longue date.

— C'est facile d'être le meilleur entraîneur quand on assiste le meilleur coureur au monde!

Sur ces mots de Martin, Alex laisse échapper un grand rire.

On dirait un cheval qui hennit. Mille pensées me traversent l'esprit : un coureur très rapide... Un hennissement... La légende racontée par Steph me revient en mémoire. Une Julie troublée! Je demande :

— Il faut sûrement être très résistant pour être de taille à lutter contre des coureurs olympiques?

C'est Martin qui répond :

— Aucun problème pour Alex! Il peut courir pendant des heures. Je l'ai souvent vu danser des nuits entières sans paraître fatigué le moins du monde!

— Et je parie qu'il rentrait chez lui en galopant à la fin de la nuit?

Martin éclate d'un rire joyeux.

— Tu connais bien notre Alex! C'est tout à fait lui!

Je frémis. Un soupçon grandit dans mon esprit. Je songe aux

folles nuits de danse d'Alexis le Trotteur. À sa mort mystérieuse. À ses qualités de coureur. À sa grande résistance. À ses yeux étranges… Je me demande si Alex est capable, lui aussi, de donner une âme aux objets… Je sens la chair de poule recouvrir mes bras.

—J'ai une question pour toi, Alex.

—Oui, Julie?

—Quel est ton nom de famille?

Il semble étonné. C'est vrai que mon changement de conversation peut paraître un peu brutal… Il répond pourtant d'une voix très calme en plongeant ses yeux dans les miens :

—Lapointe. Alex Lapointe.

Mon cœur fait trois bonds. D'autant plus que j'ai eu le temps de remarquer que ses yeux sont gris, aujourd'hui. Pas verts. Ni bleus. Gris. Un long frisson court dans mon dos.

Ma gorge se serre. Nous laissons Martin et Alex à leur entraînement pour aller jouer au basket. Du moins, j'essaie de jouer… Je n'ai pas la tête à ça du tout. Je lance tout de travers. Perdue dans mes pensées, je n'attrape jamais le ballon que m'envoie Audrey… Mon amie ne dit rien, mais elle me regarde d'un air intrigué. Elle semble se demander ce que j'ai. Au bout de vingt minutes, je n'en peux plus.

— C'est vrai, j'avais complètement oublié que j'avais promis à mon oncle de passer chez lui, ce matin ! Il faut que je parte. Désolée, Audrey !

Et je plante mon amie là sans hésiter. Une Julie un peu menteuse... Je n'ai rien promis du tout à Steph, mais je dois absolument lui parler. Maintenant. Sans attendre.

Je cours jusque chez mon oncle à toute vitesse. Je sens mon cœur battre dans mes tempes. Les habitants qui ont connu Alexis le Trotteur avaient raison, je crois... Il n'était peut-être pas humain. Il y avait quelque chose de diabolique là-dessous. Sinon, comment expliquer que je le rencontre environ 90 ans après sa mort? Si ce n'est pas lui, ça lui ressemble étrangement... Et si c'était son fantôme? Est-ce que les fantômes peuvent être moniteurs de terrain de jeu et faire de la course à pied? Rien n'est impossible dans les légendes, Stéphane me l'a souvent répété…

Me voilà enfin arrivée. Le souffle court, je cogne très fort sur la porte d'entrée de la maison de mon oncle.

— Stéphane! Stéphane! Ouvre vite! C'est urgent! Il faut que je te parle!

-4-

Le Trotteur
ne trottera plus

Quand mon oncle ouvre enfin la porte, je ne peux retenir un petit cri. Pas parce que j'ai peur, non... plutôt parce que je suis étonnée. Stéphane, tout ébouriffé, porte une robe de chambre orange vif et des pantoufles en forme de petits monstres verts... Ça surprend!

—Julie? Qu'est-ce qui se passe? Il est tôt... Tu vas bien?

—Je te réveille, Steph?

—Non, non, je m'apprêtais à déjeuner. Entre. Il est arrivé quelque chose?

Je rassure rapidement Stéphane et je le suis jusqu'à la cuisine. Sur la table, je remarque un énorme bol de chocolat au lait et une assiette. Dans l'assiette, mon oncle a formé un bonhomme. Un croissant pour la bouche, des quartiers d'orange pour les yeux et un raisin pour le nez. Steph me jette un petit regard embarrassé et s'empresse de déplacer les aliments, comme s'il espérait que je n'aie rien remarqué… J'en oublie mes soucis un moment. Je l'adore, mon oncle! Une Julie qui a bien envie de rire!

Stéphane s'assoit, prend une gorgée de chocolat chaud dans son bol, le dépose sur la table et me demande d'un ton grave:

— Bon. Raconte-moi. Pourquoi cette visite si tôt le samedi matin?

Hum… difficile de le prendre au sérieux avec la large moustache de chocolat qui recouvre sa lèvre ! Cette fois, je ne peux me retenir. Je rigole de bon cœur en lui faisant signe du doigt de s'essuyer. Mon oncle finit par comprendre et je peux enfin retrouver mon calme et lui faire part de mes soupçons.

— J'ai fait une grande découverte, Steph. Ça va t'intéresser, c'est certain. Je pense même que ce sera important pour ton livre…

Les yeux de Stéphane se mettent à briller. Il se penche vers moi, intrigué, et chuchote :

— De quoi tu parles ?

Je me penche vers lui à mon tour et je réponds, sur le ton de la confidence :

— Alexis le Trotteur n'est pas mort…

Une seconde de silence. Puis deux. Puis trois. Mon oncle se contente ensuite de hausser les épaules.

—Désolé de te contredire, Julie, mais je t'assure qu'il est bel et bien mort.

Je l'avoue, je suis un peu déçue… Moi qui m'attendais à une réaction monstre! À une explosion de joie devant cette révélation incroyable! J'insiste :

—Non, tu ne comprends pas, Steph; je l'ai rencontré…

Cette fois, ce n'est plus la curiosité qui fait briller les yeux de Stéphane. C'est plutôt l'inquiétude. Il pousse un soupir.

—Voyons, ma belle Julie, puisque je te dis qu'en 1924…

Je le coupe aussitôt :

—Oui, oui, je sais… Mais je n'ai pas besoin de te rappeler

que les choses ne sont pas toujours comme elles paraissent, dans les légendes... Souviens-toi : on n'a jamais retrouvé le corps de la Dame blanche ni celui de son fiancé. Et pourtant, chaque année, des gens disent avoir vu le fantôme de la Dame blanche à la chute Montmorency... Dans la légende de la Corriveau, après avoir mis la sorcière en cage, les habitants ne l'ont pas revue... Le corps a disparu. Tu vois?

— Julie, ce sont des légendes... des histoires. Tu ne dois pas tout croire...

J'ai l'impression d'entendre ma mère. Ou mon père. Je suis terriblement déçue. Moi qui ai toujours pu compter sur mon oncle adoré pour me comprendre... Le seul adulte de mon entourage à embarquer dans mes histoires sans passer son temps à me dire d'être raisonnable…

Je baisse les yeux et pousse le plus long soupir du monde. Une Julie découragée… Mieux vaut ne rien raconter. Stéphane est comme les autres, finalement. Je quitte la table et m'apprête à partir. Juste à ce moment, Stéphane me dit :

— Allons, Julie, ne fais pas cette tête-là ! Viens t'asseoir et raconte-moi ce que tu as découvert qui a bien pu te laisser croire qu'Alexis vivait toujours. Je meurs de curiosité !

Ah ! Voilà ! Je reconnais mon précieux complice ! Une Julie soulagée !

Je raconte tout à Stéphane : Alex, qui s'appelle Alex Lapointe.

Qui court très vite. Qui danse des heures sans se fatiguer. Qui a les yeux de plusieurs couleurs différentes.

—Il rit comme un cheval, en plus, Steph!

—Les chevaux ne rient pas, Julie…

Je lève les yeux au ciel.

—Quand il rit, on dirait un cheval qui hennit.

Le regard moqueur de mon oncle m'apprend que ce dernier ne faisait que me taquiner. Ouf!

Stéphane écoute tout mon récit, pose plusieurs questions. Une fois sa dernière gorgée de chocolat chaud avalée, il déclare :

—C'est vraiment intéressant, tout ça, Julie. Et pas mal intrigant, je l'avoue. Malheureusement, ce ne sont que des coïncidences. Je suis certain qu'il ne s'agit pas d'Alexis Lapointe, dit le Trotteur.

— Comment peux-tu en être si sûr?

— C'est simple : quand Alexis est mort, en 1924, il a été enterré. À La Malbaie.

— Mais peut-être que c'était une ruse? Qu'il n'y avait pas de corps? Qu'on a fait semblant?

Mon argument ne semble pas du tout ébranler Stéphane. Il paraît toujours aussi convaincu.

— Impossible, Julie. Je t'assure qu'il était bel et bien dans la tombe… Je le sais pour la bonne raison qu'on a déterré le corps d'Alexis en 1966…

Je ne peux retenir une grimace.

— QUOI? On l'a déterré?

— Oui. Un dénommé Larouche, alors étudiant, voulait analyser les restes d'Alexis pour tenter de mieux comprendre la légende du Trotteur. Il voulait voir si les os étaient plus longs que la normale, par exemple. Le corps a été déterré. Et il y avait bel et bien un squelette dans la tombe… Elle n'était pas vide.

—On l'a remis au cimetière ensuite?

—Eh non… C'est toute une histoire! Les restes d'Alexis Lapointe sont demeurés quelques années chez cet étudiant, puis ils ont été remis au Musée du Saguenay… On les retrouve ensuite au Musée de la Pulperie, à Chicoutimi.

Mon hypothèse vient de s'effondrer… Je demande d'une petite voix :

—Et ils y sont toujours?

—Non. Ils ont été retournés à Charlevoix en novembre 2009.

Le Trotteur repose maintenant dans le cimetière paroissial de la municipalité de Clermont.

—Là où il avait d'abord été enterré…

—Eh bien, dans la même région, oui, dans Charlevoix. Mais la première fois, c'est à La Malbaie qu'il avait été enterré.

Nous restons un moment silencieux, plongés dans nos réflexions. C'est finalement mon oncle qui reprend la parole.

—Voilà la fin de l'histoire d'Alexis Lapointe, dit le Trotteur, Julie. Il est mort et enterré. Le Trotteur ne trottera plus, je peux te l'assurer…

Stéphane semble presque triste en disant ces paroles. Je le suis tout autant. Mais je demeure troublée. Une petite voix chuchote dans ma tête que la ressemblance entre Alex et Alexis est quand même frappante… Et si ce n'était pas le véritable squelette du Trotteur qui était dans la tombe? Si on l'avait remplacé par un autre corps? Si on avait enterré n'importe qui pour faire croire à la mort d'Alexis? Une Julie pas tout à fait convaincue.

-5-

Un aveu à Alex

Je quitte la maison de mon oncle, un peu dépitée. Sur le pas de la porte, toujours aussi ébouriffé, en robe de chambre orange et pantoufles vertes, Stéphane me salue d'un signe de la main. Je tourne et retourne tout ce que je sais sur Alexis Lapointe, dit le Trotteur, dans ma tête... Il me semble que ça fait beaucoup de coïncidences... Je pense soudain à Audrey ; je me sens coupable d'avoir abandonné mon amie seule à l'école, assez brusquement, après vingt minutes à peine de basket-ball.

Pas très sympathique de ma part!

Je reprends le chemin de la cour d'école dans l'espoir qu'Audrey y soit encore. Personne aux paniers de basket. En revanche, au fond de la cour, j'aperçois Alex, qui court toujours… Il est infatigable, celui-là! Son entraîneur semble avoir quitté les lieux. J'hésite… J'aurais bien envie de lui parler, mais comment trouver un prétexte pour aborder la légende d'Alexis le Trotteur mine de rien?

Alex m'aperçoit et m'adresse un petit hochement de tête. Il continue sa course. Je le regarde faire une dizaine de tours de la cour d'école et je m'approche de lui.

— Tu cours encore?

Il pousse un grand rire, une sorte de hennissement.

—Je cours toujours! Je n'en ai jamais assez!

Incroyable! Il ne paraît presque pas essoufflé!

—Je cherche Audrey... Elle est partie?

—Oui, il y a un bon moment. Tout de suite après toi, il me semble.

Je reste silencieuse quelques secondes, puis je fonce :

—C'est drôle, je ne savais pas que tu t'appelais Alex Lapointe. Ça ressemble beaucoup à un personnage de légende...

Bon. Pour la subtilité, on repassera. Tant pis. Au moins, ça y est, j'ai abordé le sujet.

Alex semble surpris.

—Tu connais Alexis le Trotteur?

Je le fixe droit dans les yeux en répondant :

— Oh oui, je le connais. Plutôt bien, même.

— C'est vrai, mon nom ressemble beaucoup au sien ! C'est voulu. Mes parents adorent les légendes québécoises. J'ai une sœur qui s'appelle Rose, à cause de Rose Latulipe. Imagine : au début, mon père voulait l'appeler Marie-Josephte, comme la Corriveau !

Un grand rire le secoue. L'image d'un cheval me revient aussitôt à l'esprit. Alex continue :

— Quand je suis né, mes parents ont donc décidé, toujours pour faire un clin d'œil à une légende de chez nous, de m'appeler Alex. Alex Lapointe. Je ne sais plus combien de fois ils m'ont raconté l'histoire d'Alexis le Trotteur quand j'étais petit! Des dizaines et des dizaines au moins! Au fond, c'est probablement grâce à cette légende que j'aime tant courir... Le Trotteur m'a sûrement influencé... À force d'entendre son histoire, j'ai fini par m'identifier à lui.

Je réfléchis un moment. Hum... oui. Son explication me semble crédible. Ses yeux sont toujours posés sur les miens. Tiens, ils ne sont pas gris, en fin de compte. Ils semblent maintenant d'un brun très pâle. Bizarre, quand même... Je finis par déclarer :

—J'ai un aveu à te faire, Alex...

Ses sourcils se haussent, sa bouche s'arrondit.

—Oh... un aveu! Vas-y, Julie, je t'écoute.

—Quand j'ai appris que tu t'appelais Alex Lapointe, j'ai bien cru que tu étais Alexis le Trotteur de retour sur Terre... Je ne connais personne qui court comme toi, si vite et sans se fatiguer.

Il laisse échapper un rire immense. Un hennissement terriblement amusé.

—Ça alors! Quelle imagination! C'est très flatteur pour moi! J'aimerais bien être un athlète aussi impressionnant que le Trotteur... Courir plus vite qu'un train ou qu'un cheval au galop, tu imagines! Wow! Mais... tu sais qu'Alexis est mort, Julie?

—Mort et enterré, oui. Deux fois plutôt qu'une. Enterré à La Malbaie, puis à Clermont. Je sais.

Alex semble surpris que je sois si bien renseignée. Il ramasse

son sac de sport posé près du mur de l'école, le jette sur son dos en rigolant toujours et en secouant la tête.

—Être un autre Alexis, le Trotteur revenu sur Terre… Je ne dirais pas non !

Il fait quelques pas, s'éloigne de moi, puis il se retourne brusquement.

—Julie, il y a quelque chose que je dois te confier, tout de même… Je ne suis pas le Trotteur, c'est vrai. Mais tu sais, même si je l'avais été, je ne te l'aurais jamais dit ! Ce genre de chose doit rester un secret, j'imagine !

Une Julie bouche bée ! Ou bien j'ai trop d'imagination, ou bien il vient pratiquement de m'avouer son secret… Alex continue :

—J'ai été content de te voir, Julie.

Il consulte sa montre.

—Bon, je dois y aller, je m'en vais passer quelques jours dans ma famille, dans Charlevoix... Passe une belle fin de semaine!

Il laisse échapper un dernier grand rire, se tape sur les cuisses et file vers la rue en galopant. Je crie :

—À bientôt, Alexis!

Sans s'arrêter, il me fait un salut de la main. C'est bien ce que je pensais... Il n'a même pas remarqué que je m'étais trompée... Que je l'avais appelé Alexis au lieu d'Alex. Je le regarde courir à toute vitesse un bon moment et je rentre chez moi, le sourire aux lèvres. Stéphane a beau me raconter que le Trotteur est bel et bien mort, moi, je reste persuadée de l'avoir vraiment rencontré. Une Julie pas convaincue du tout!

Découvre d'autres contes et légendes du Québec avec la série Julie !

Julie 1

Julie et le visiteur de minuit

Julie 2

Julie et le serment de la Corriveau

Julie 3

Julie et la danse
diabolique

Julie 4

Julie et le
Bonhomme
Sept Heures

Julie 5

Julie et la
Dame blanche

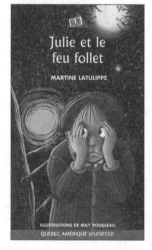

Julie 6

Julie et
le feu follet

Julie 7

Julie et la messe
du revenant

Julie 8

Julie et la bête
dans la nuit

De la même auteure

Jeunesse
À vos pinceaux, éditions FouLire, 2013.
Un joyeux cirque!, éditions FouLire, 2013.
Tout un spectacle, éditions FouLire, 2013.

SÉRIE ÉMILIE-ROSE
Les clés, Terry, un chien et moi, éditions FouLire, 2013.
Le voisin, Rosa, les poissons et moi, éditions FouLire, 2012.

SÉRIE MARIE-P
Mystère chez Marie-P, éditions FouLire, 2012.
Pas de panique, Marie-P!, éditions FouLire, 2011.
À toi de jouer, Marie-P!, éditions FouLire, 2010.
Au voleur, Marie-P!, éditions FouLire, 2009.
Au secours, Marie-P!, éditions FouLire, 2009.
Chapeau, Marie-P!, éditions Foulire, 2008.
Au boulot, Marie-P!, éditions Foulire, 2008.

SÉRIE MÉLINA ET CHLOÉ
Ce qui peut arriver quand Mélina et Chloé se font garder, collection
    Klaxon, La Bagnole, 2011.
Ce qui arriva à Chloé et Mélina un jeudi après-midi, collection Klaxon,
    La Bagnole, 2009.

SÉRIE LORIAN LOUBIER
Lorian Loubier, Vive les mariés!, roman bleu, Dominique et compagnie, 2008.
Lorian Loubier, détective privé, roman bleu, Dominique et compagnie, 2006.
Une journée dans la vie de Lorian Loubier, roman bleu, Dominique et
    compagnie, 2005.
Lorian Loubier, Appelez-moi docteur, roman bleu, Dominique et
    compagnie, 2004.
Lorian Loubier, grand justicier, roman bleu, Dominique et compagnie, 2003.
Lorian Loubier, superhéros, roman bleu, Dominique et compagnie, 2002.

SÉRIE MOUK LE MONSTRE
Mouk mène le bal!, série La Joyeuse maison hantée, éditions FouLire, 2008.
Mouk, Un record monstre, série La Joyeuse maison hantée,
    éditions FouLire, 2007.
Mouk, À la conquête de Coralie, série La Joyeuse maison hantée, éditions
    FouLire, 2006.
Mouk, Le cœur en morceaux, série La Joyeuse maison hantée, éditions
    FouLire, 2005.
Mouk, En pièces détachées, série La Joyeuse maison hantée,
    éditions FouLire, 2004.

Petit Thomas et monsieur Théo, roman vert lime, Dominique et
    compagnie, 2007.
Les Orages d'Amélie-tout-court, roman rouge, Dominique et
    compagnie, 2004.
La Mémoire de mademoiselle Morgane, roman vert, Dominique et
    compagnie, 2001.
Louna et le dernier chevalier, Les petits loups, Le Loup de Gouttière, 2000.
Simon, l'espion amoureux, coll. Libellule, Dominique et compagnie, 1999.

MARTINE LATULIPPE

Depuis 1999, Martine Latulippe a écrit plus de quarante romans, souvent récompensés. Elle s'adresse aussi bien aux tout-petits qu'aux adolescents avec des histoires d'amour ou d'action, des récits intenses et dramatiques ou débordants d'imagination. Au fil de nombreuses animations, elle rencontre ses lecteurs aux quatre coins du pays. La populaire série *Julie* permet de découvrir les légendes québécoises en compagnie d'une Julie curieuse.

 Visitez le site de Québec Amérique jeunesse et obtenez gratuitement des fonds d'écran de vos livres préférés !

www.quebec-amerique.com/index-jeunesse.php

Fiches d'exploitation pédagogique

Vous pouvez vous les procurer sur notre site Internet
à la section jeunesse / matériel pédagogique.

www.quebec-amerique.com

 GARANT DES FORÊTS INTACTES | L'impression de cet ouvrage sur papier recyclé a permis de sauvegarder l'équivalent de 5 arbres de 15 à 20 cm de diamètre et de 12 m de hauteur.